Hans Traxler

Stadelmanns geheimnis

BÜCHERGILDE GUTENBERG

Im Herbst 1844 kommt es in der Frankfurter Gallus-anlage zu einem menschlich anrührenden Ereignis. Die Bürger der Stadt haben zusammengelegt, um ihrem größten Sohn mit einem gewaltigen Denkmal zu huldigen. Jetzt ist es fertig, ein Koloss, in Bronze geformt von Schwanthaler, dem teuersten Bildhauer der Zeit. Man hat sich nicht lumpen lassen.

Aber das Festkomitee will noch mehr. Es muss doch, 12 Jahre nach seinem Tode, jemanden geben, der den Dichter noch gekannt hat, einen aus seiner nächsten Umgebung. Den könnte man doch zum Festakt einladen und sich von ihm Schnurren und Anekdoten aus erster Hand berichten lassen.

Und man wird fündig. Aber ach, Goethes Sekretär, der Hofrat Riemer ist auch schon siebzig und so von der Gicht geplagt, dass er in keine Postkutsche mehr reinkommt.

Aber in Jena, da wohnt doch Carl Stadelmann, Goethes alter Diener und enger Vertrauter – in Krisenzeiten der einzige, den der alte Herr um sich duldete.

Mit Stadelmann sieht's schlecht aus. Der alte Mann hängt seit Jahren an der Flasche und lebt im Arbeitshaus. Dort hackt er Holz, fährt Mist, trägt Wasser und zupft Unkraut, und das alles für sechs Groschen am Tag, die man ihm nicht auszahlt. Seine einzige Freude ist es, sich ab und zu einen herrgottsmäßigen Schnapsrausch anzusaufen.

Aber Stadelmann reißt sich zusammen. Er zieht sein Sonntagsgewand an, das ihm sein ansonsten recht knauseriger Dienstherr zum Abschied geschenkt hatte, besteigt die Postkutsche und rollt über Stock und Stein nach Frankfurt am Main.

Vorher verspricht er feierlich, »sich wie ein ordentlicher Mensch aufzuführen, das heißt sich nicht in Frankfurt betrinken zu wollen«. Ob das wohl gut geht?

Bei der Denkmals-Enthüllung an der Gallusanlage ist er die eigentliche Attraktion, eine lebende Reliquie aus Weimars großen Tagen, und beim anschließenden Festbankett erzählt er eine Goethe-Anekdote nach der andern, mit glitzernden Augen und roten Bäckchen, und spricht auch eifrig dem Hochheimer Wein zu.

Die Gastgeber sind glücklich, zum Beispiel über den Bericht von Goethes 71. Geburtstag, den der in

Karlsbad beging. Am Tag vorher hatte er zügig zwei
Bouteillen Rotwein geleert, und als der Badearzt Dr.
Rehbein das Zimmer betritt, weist er ihn barsch zu-
recht, dass er seinen, Goethes Geburtstag vergessen
habe.

Das habe er nicht, heute sei der 27. August.

Goethe: »Der 28!«

Das geht eine Weile so hin und her, Goethe bleibt
hart, schließlich bringt Stadelmann einen Kalender
herbei. Sein Dienstherr wirft einen langen Blick darauf und brummt: »Donnerwetter! Da habe ich mich ja
ganz umsonst besoffen!«

Ja, das ist lustig. Die kleinen Schwächen der Großen, davon können wir Kleinen nie genug kriegen.
Ach, wäre es doch dabei geblieben.

Aber der Abend schreitet fort, Stadelmann trinkt
sich warm, der Beifall der Frankfurter Honoratioren
lässt ihn tollkühn werden, und als schließlich Baron
Rothschild dem Alten eine lebenslange monatliche
Rente zusichert, trägt es Stadelmann in seliger Be-
geisterung endgültig aus der Kurve. Er enthüllt das
bestgehütete Geheimnis des Weimarer Musentem-
pels und begeht damit ein Sakrileg.

70 Millionen Dan-Brown-Leser auf der ganzen Welt wissen, was es bedeutet, ein Sakrileg zu begehen. So auch hier.

Carl Wilhelm Stadelmann, der sich im Suff um Kopf und Kragen geredet hat, besteigt die Postkutsche und fährt zurück nach Jena.

Wieder daheim im Arbeitshaus und nüchtern, wird ihm klar, dass er sich verplappert hat. Als Rothschilds Geldbote eintrifft, sucht er den Alten vergebens. Der hat sich am Abend vorher auf dem Dachboden erhängt.

Eigentlich hätte er doch jetzt – zum ersten Mal – ohne Sorgen leben können. Und nun dies.

Was war das für ein schreckliches Geheimnis, das er ausgeplaudert hatte? Schämte Stadelmann sich nun, dass er seinen alten Dienstherrn verraten hatte? Oder hat gar jemand nachgeholfen?

ORTSWECHSEL.

Karlsbad, 3. September 1786.

Bei Nacht und Nebel macht Goethe sich auf den Weg nach Italien. Er hat es eilig, denn er wird in Rom erwartet. Im Gepäck hat er drei Schauspielprojekte, den Tasso, die Iphigenie und den Egmont, und seine Zeichenutensilien.

In der Wohnung von Johann Heinrich Tischbein an der Via Corso bezieht der Geheimrat und angehende Künstler ein Zimmer, und gleich am nächsten Tag trifft er die Deutschrömer, die Maler Bury, Schütz, Philipp Hackert und den Schweizer Meyer, »Kunscht-Meyer« genannt, sowie die Nazarener Pforr und Overbeck – nein, die noch nicht, aber eine fröhliche Gesellschaft von jungen Stipendiaten und vazierenden Malern.

Und gleich geht's auch schon ins Freie – zum Gianicolo und zu den Ruinen des Forum Romanum, an die Via Appia und zur romantischen Cestius-Pyramide auf dem Weg nach Ostia. Und dort passierts.

Hinter der Pyramide, damals freies Feld, hat sich die römische Jugend eine Art antiken Bolzplatz eingerichtet. Ein Dutzend Halbwüchsige, manche barfuß, rennt hinter einem Ball her, einer Schweinsblase, ausgestopft mit Seegras. Die Tore: Kapitelle von dorischen Säulen.

Goethe ist sofort Feuer und Flamme.

Aber nicht zeichnen will er das Schauspiel, er will mitmachen.

Und als der Ball ins Aus und ihm vor die Füße rollt, stoppt er ihn nicht ungeschickt und schlenzt ihn

gekonnt ins Feld zurück, was sofort mit einer lautstarken Einladung an den deutschen Signore, doch mitzumachen, quittiert wird.

Der lässt sich das nicht zweimal sagen, wirft seinen Malkasten ins Gras und jagt mit der Meute der schreienden und schwitzenden Jungen dem unförmigen Ball nach. Obwohl Goethe mit seinen 37 Jahren über das beste Fußballer-Alter hinaus ist (in dem Alter war Franz Beckenbauer gerade noch gut genug für Cosmos New York), spielt er sich in einen Rausch, der auch in den kommenden Wochen anhält.

Noch am gleichen Abend, in der Taverne, ist er überzeugt davon, der geborene Fußballer zu sein und schwärmt vom körperbetonten Spiel, dem göttergleichen, das schon von Nausikaa und ihren Mägden gespielt wurde, wie Homer in seiner ODYSSEE, im 6. Gesang, Vers 100 und folgende beschreibt.

Ach, hätte Goethe geahnt, dass keine 3000 Jahre später die Frankfurter Nachfolgerinnen dieser Mägde den UEFA-Cup gewinnen würden.

Doch zurück nach Rom.

In der Taverna Montaio schwärmt Goethe seinen Malerfreunden vom *calcio* vor und von der antikischen Schönheit der braungebrannten Straßenfußballer. Er

hat halt, seit er in Italien ist, seine Körperlichkeit ent-
deckt, endlich, ich sage nur: »Faustina«, da kommt
ihm das Fußballspielen gerade recht.

Für die Deutschrömer ist das nichts Neues, Fußball wird in Italien seit der Renaissance ohne Unter-
brechung gespielt, und eigentlich wollten sie ja am
nächsten Tag zu den Wasserfällen von Tivoli aufbre-
chen, um dort mit dem jungen Josef Anton Koch ein
wenig zu landschaftern.

Aber Goethe ist vom Virus des *calcio* rettungslos
infiziert, und seine Spielfreude reißt die Kunsteleven
mit. Und als einer den Landsmann keck fragt, ob er
nicht für diesen Kampfsport ein weniges zu alt sei,
bringt Goethe ihn schlagfertig mit einem Distichon
zur Raison:

Folgsam ist der Ball dem jungen Stürmer zu Diensten,
doch viel folgsamer noch dem, der zum Manne gereift.

Da schweigt der Lukasjünger beschämt, und Goethe entwirft auf dem Tischtuch mit flinken Strichen
sein taktisches Konzept.

Es ist ihm aufgefallen, dass die jungen Römer
einen zwar lautstarken, aber nicht sehr attraktiven
Fußball spielen. Sie setzen voll auf Verteidigung, das

heißt, sie bauen vor ihrem Tor einen Riegel von Men-
schenleibern auf, nennen das cattenaccio und sind
auch noch stolz darauf. (Der AS Roma spielt übrigens
heute noch so.)

Dem will der Augenmensch Goethe einen astreinen
Angriffsfußball entgegensetzen, mit einem Tormann,
einem Verteidiger, einem Libero und acht Sturmspit-
zen. Stolz betrachtet er seine Skizze auf dem Wirts-
haustisch und spricht die geflügelten Worte:

Von hier und heute geht eine neue Epoche aus,
und ihr könnt sagen, ihr seid dabei gewesen.

Dann geht er nach Hause in sein Un-
termieterstübchen an der Via Corso
und berichtet seiner Lebensfreun-
din Charlotte von Stein brühwarm
von diesem »tollen Tag«. Er ver-
merkt auch mit Stolz, dass er ums
Haar drei bis vier Tore geschossen
hätte, wenn der Ball nicht jedes Mal
an die dorischen Säulen geprallt wäre. Lattenschuss
sozusagen. Und er schließt seine Epistel mit einem
Vierzeiler, der uns irgendwie bekannt vorkommt:

Ich höre schon des Spiels Getümmel,
Hier ist des Volkes wahrer Himmel.
Zufrieden jauchzet Groß und Klein:
Hier ist das Tor, da muss er rein!

Darauf passiert drei Wochen lang nichts. Als dann der Kurier in Weimar eintrifft, ist die Hölle los. Frau von Stein tobt. Wenn der Ungetreue sie verlassen hätte, um in Rom die Iphigenie in Jamben umzudichten, das hätte sie vielleicht noch geschluckt, aber um hinter einer ausgestopften Schweinsblase herzulaufen? Der Dichter-Heros als Bomber der Nation? Das ist zuviel!

Am nächsten Tag rauscht es im Musentempel. Die Gänsekiele werden gespitzt und reitende Boten losgeschickt.

Frau von Stein schreibt an Anna Amalia, Herder schreibt an Wieland, Merck an Schlegel, Riemer an Lavater, Klopstock an Schiller, und alle sind entsetzt. Nur Lichtenberg ist begeistert und bietet sich als Mitspieler an, wird aber keiner Antwort gewürdigt.

Auf dem Höhepunkt des Aufruhrs ergreift die umtriebige Johanna Schopenhauer die Initiative und versammelt die drei Carolinen: Caroline Schlegel, Caroline Herder und Caroline von Humboldt sowie die drei

Charlotten: Charlotte von Kalb, Charlotte von Schiller und Charlotte von Stein und marschiert mit ihnen geradewegs ins Neue Schloss, zu Carl August.

Der junge Herzog, er ist gerade 27, hört sich die erregten Damen geduldig an – viel ist vom Untergang des Abendlandes die Rede – und verspricht, sich ganz persönlich um die Sache zu kümmern. Die kommt ihm gerade recht, er hat Sehnsucht nach seinem Jugendfreund, und die Vorstellung, das enge Weimar für ein paar Wochen zu verlassen, klingt verlockend.

In Rom angekommen, wird der athletische Herzog sofort in die Mannschaft eingebaut, die jetzt jeden Tag an der Cestius-Pyramide trainiert.

Goethe hat sein Konzept verfeinert, hat auch den etatmäßigen Libero sowie den Verteidiger gestrichen und verfügt jetzt über eine eindrucksvolle Phalanx von 10 Stürmern. Er ist überzeugt: Damit kann er jede Mannschaft schlagen. Er spricht vom Weltfußball.

Am 10. Dezember 1786 soll das erste Testspiel steigen. Der Gegner: Eine Tavernenmannschaft aus Trastevere, heute würde man sagen: Kreisklasse B.

Gleich mit dem Anpfiff rennen Goethes Männer
vor das gegnerische Tor, verklumpen sich dort heillos und behindern sich gegenseitig, sodass es den Römern ein leichtes ist, sich den Ball zu schnappen und seelenruhig und ohne Gegenwehr ein Tor nach dem andern zu schießen, 36 insgesamt.

Dem Umstand, dass eine Halbzeit damals nur 15 Minuten dauerte, ist es zu verdanken, dass das Ergebnis nicht dreistellig ausfiel. Auch die Tatsache, dass die deutschen Spieler in hochhackigen Schnallenschuhen antraten, wirkte sich katastrophal aus.

Erst in der Nachspielzeit erkämpft Goethe sich in der eigenen Hälfte den Ball, spurtet quer über das ganze Feld und schießt mit einer Spitze/Hacke/Kopf/Brust/Fallrückzieher-Kombination den Ehrentreffer.

Noch am gleichen Abend löst er seine Mannschaft auf, und am nächsten Morgen bricht er mit Tischbein zu einer Studienreise nach Neapel auf. Auch der Herzog macht sich auf den Weg, nach Norden.

Wieder zu Hause in Weimar vergattert er alle Eingeweihten, nur ja kein Sterbenswörtchen über die fußballerischen Eskapaden seines Freundes nach außen dringen zu lassen.

Und es gelingt – dank der Tatsache, dass es keine Medien gab und keinen Scheckbuch-Journalismus. Erst im hohen Alter muss Goethe sich seiner Jugendsünde erinnert und im traulichen Gespräch mit Eckermann geplaudert haben.

Von ihm erfuhr es der Diener Carl Stadelmann, und der unterhielt, wieder Jahrzehnte später, unter dem Einfluss des Dämons Alkohol, damit seine Frankfurter Wohltäter. Sie müssen entsetzt gewesen sein.

»Zum Spiel mit dem Ball bin ich nicht geboren, das sehe ich jetzt wohl«, hatte Goethe damals kleinlaut an die erleichterte Frau von Stein geschrieben.

Und auch wir können erleichtert sein. Dem Umstand, dass er seine Fußballerkarriere so abrupt beendete, wie übrigens einige Monate später auch die einst so hoffnungsvoll begonnene Karriere des bildenden Künstlers, ist es zu danken, dass er mit drei fertigen Bühnenwerken nach Weimar zurückkehrte.

Dort, mit offenen Armen aufgenommen und ermutigt, schrieb er immerfort weiter und beendete knapp 45 Jahre später den zweiten Teil seines »Faust«. Zwar nicht am Ball, unübertroffen aber an der Feder.

QUELLEN

Amalie Schoppe: Stadelmanns Ausgang, in: »Jahrbuch der Sammlung Kippenberg«, Leipzig 1922

Ernst Beutler: Essays um Goethe, Bremen 1957

Johann Peter Eckermann: Gespräche mit Goethe in den letzten Jahren seines Lebens, Frankfurt 1992

Eckhard Henscheid & F. W. Bernstein: Unser Goethe, Zürich 1982

Johann Wolfgang Goethe: Sämtliche Werke, Münchner Ausgabe, München 1990

Erich Trunz: Ein Tag aus Goethes Leben, München 1999

Hans Egon Gerlach und Otto Herrmann: Goethe erzählt sein Leben, Frankfurt 1982

Richard Friedenthal: Goethe – sein Leben und seine Zeit, München 1963

Dietmar Grieser: Im Dämmerlicht. Ungewöhnliche Todesfälle, St. Pölten 1999

Theo Stemmler: Kleine Geschichte des Fußballspiels, Frankfurt 1998

Rüdiger Volhard
Über Traxler

Traxler ist kein Frankfurter. Das ist nicht schlimm, viele sind das nicht. Er wurde in Böhmen geboren, wie Jaroslav Hašek, der Vater des braven Soldaten Schwejk, wie der rasende Reporter Egon Erwin Kisch, wie Karl Kraus, aber auch Rilke, Kafka, Werfel und andere. Seit über einem halben Jahrhundert lebt er in der Stadt Frankfurt, die Chlodwig Poth später unwidersprochen die »Hauptstadt der Satire« taufen konnte. Beider Beitrag dazu war und ist beträchtlich. Hier hat Traxler – wie schon zuvor privat in Regensburg – ordnungsgemäß studiert, und zwar an der Städelschule, ist approbierter Maler und Zeichner. Und als solcher verbindet er den professionellen Ernst mit Witz auf eine unsereinen immer wieder erstaunende Art. Er ist Cartoonist, Karikaturist und Bilder-Dichter, Eigen- und Fremdillustrator, aber auch Buchautor und begnadeter Parodist. 1961 war Traxler dabei, als *PARDON* gegründet wurde, ebenso wie bei der Gründung der *Titanic* 1979. Er und Chlodwig Poth waren quasi die Erwachsenen der seit der Münchener Ausstellung 1981 so genannten Neuen Frankfurter Schule.

Die meisten von Traxlers »Klassikern« sind Bild-Dichtungen oder Bildergedichte oder Bildergeschichten. Schon vor 25 Jahren erschienen 40 solcher meist zuvor im

ZEITmagazin und in der *Titanic* publizierten Geschichten unter dem Titel *Leute von Gestern.* Manche davon fand der Autor selbst später inhaltlich so gelungen, dass er sie erneut zeichnete, außerdem machte er natürlich neue. Zum Beispiel das Huldigungsblatt zu Loriots 60. Geburtstag. Die *Begegnung im Watt,* so ist das Blatt überschrieben, beginnt mit einer Mutmaßung: »Wer steigt da aus dem Wattenmeer? Das ist doch Tomi Ungerer?« Der Entstiegene kommt näher: »Der Nebel fällt, die Sicht wird schlechter, ist das nicht doch der F.K. Waechter?« Und nach weiteren irrtümlichen Zuordnungen des herankommenden Wattläufers schließt das Bildgedicht: »Da schau! Die Nas! Das Paletot! Nein, diese Freude, Herr Loriot!« Und am Ende des Blattes sehen wir, wie Traxler sich vor Loriot verneigt und nehmen gern an, dass dies mehr ist als ein Begrüßungsdiener. Das anzunehmen ist erlaubt, da Traxler andere nicht nur gern anerkennt, sondern sich zu ihnen auch bekennt. Wie hätte er sonst Bateman, Deix und Pfarr herausgegeben?

Traxler ist auch ein gewinnender Erzähler. Davon zeugen Bücher wie *Fünf Hunde erben eine Million, Es war einmal ein Mann, Wie Adam zählen lernte, Paula die Leuchtgans* und *Das Schutzengelbuch.* Bücher, bei denen man zögert, die Bilder als Illustrationen zu bezeichnen, da in einigen, zum Beispiel in *Aus dem Leben der Gummibärchen* und *Die Wiederkehr der Gummibärchen,* aber auch in *Wenn die Kühe Propeller hätten* die Bilder ganz im Vordergrund stehen. Aber: Buch ist nun einmal Buch, und jeder Verfasser ist Literat, Traxler ganz eindeutig in Büchern wie *Der große Gorbi* und anderen. Sein Buch-Deutsch ist dabei von nicht geringerer Komik als seine Bilder. Traxler hat aber auch Texte anderer illustriert, wie die des von ihm hoch geschätzten Alexander Roda Roda, von Christian Morgenstern, Heinrich Heine, Mark Twain, Franz Hohler und immer wieder Eugen Roth.

In seinem Werk begegnen uns in Haupt- und Nebenrollen, in Porträts, oder wenigstens mit ihren Namen, unzählige bekannte Autorinnen und Autoren aus zweieinhalb Jahrtausenden und aus aller Herren Länder. Die größte Rolle von allen aber spielt, wie könnte es anders sein, unser großer Landsmann. Das zeigen Blätter, Buchillustrationen und Verse. Und nun auch *Goethe am Ball:*

Die Stadt Frankfurt hatte den Wunsch, dass die Museen der Stadt denjenigen Besuchern der WM-Spiele etwas bieten, die nicht zu ihrem üblichen Publikum zählen. Und Hans Traxler hat uns mit einer Ausstellung in die Lage versetzt, diesem Wunsch der Stadt zu entsprechen. Daraus ist schließlich das vorliegende Büchlein entstanden.

Weniger bekannt ist Traxler als Maler, obwohl sein Freund und Kollege F.W. Bernstein in dem leider vergriffenen Band *Alles von mir* Traxlers Landschaftsmalerei gewürdigt hat. Was sage ich – gewürdigt: Er hat seinen Respekt in die Ankündigung gefasst, Traxlers Ansichten des Feldbergs künftig Beethovens Diabelli-Variationen an die Seite zu stellen, bekanntlich einem Gipfel der Klavierliteratur. Ob das ganz ernst gemeint war, weiß ich nicht.

Bei einem der Neuen Frankfurter Schule Zugehörigen weiß man das nie. Von Traxler selbst stammt der Satz: »Die Schönheit ist nun mal nicht komisch.« Obwohl umgekehrt die Komik durchaus schön sein kann, wie wir an vielen seiner Blätter sehen, hört für den Humoristen Traxler bei der Landschaftsmalerei offenbar der Spaß auf. Er hat sie deshalb nie groß herausgestellt, sondern scheint sie als *arcanum privatissimum* zu betrachten. Bei Nestroy hieß es einmal: »Was hat denn die Nachwelt für mich getan? Nichts! Gut, das nämliche tu' ich für sie!« Und Traxler soll einmal gesagt haben: »Ich will durchaus, dass etwas von mir bleibt.« Wenn er das gesagt hat, meinte er damit bestimmt nicht nur den ICH-Sockel für jedermanns persönliches Denkmal an der Gerbermühle am Frankfurter Mainufer. Sieht man sein Lebenswerk, das Werk eines großen Künstlers und großen Humoristen, als Ganzes, kann er nach meiner Überzeugung sehr zuversichtlich sein, dass „etwas" von ihm bleiben wird. Ist es Bescheidenheit oder vielleicht Koketterie, dass er ausgerechnet einen Lichtenberg-Satz illustriert hat, der mir auf ihn so gar nicht zu passen scheint? »Von dem Ruhme«, sagt Lichtenberg, »von dem Ruhme der berühmtesten Menschen gehört immer etwas der Blödsinnigkeit der Bewunderer zu.« Wer von Ihnen etwa noch nicht zu Traxlers Bewunderern zählt, sollte sich durch dieses Lichtenberg-Wort auf keinen Fall davon abhalten lassen, es jetzt zu werden.

1. Auflage 2022
Für diese Ausgabe: © 2022 Büchergilde Gutenberg
Verlagsgesellschaft mbH, Frankfurt am Main, Wien und Zürich

Erstmals erschienen 2006 anlässlich der Ausstellung »Goethe
am Ball. Traxlers Klassiker« vom Freien Deutschen Hochstift/
Frankfurter Goethe-Museum

Herstellung: Cosima Schneider
Litho: Schwab Scantechnik, Göttingen
Druck und Bindung: Beltz, Grafische Betriebe GmbH,
Bad Langensalza

Printed in Germany

ISBN 978-3-7632-7370-6

www.buechergilde.de